Aprende con Peppa Pig

Caperucita y La Bella Durmiente

Beascoa

Papel certificado por el Forest Stewardship Council®

MIXTO
Papel | Apoyando la silvicultura responsable
FSC® C117695

Penguin Random House Grupo Editorial

Primera edición: julio de 2024

Publicado en lengua española por Penguin Random House Grupo Editorial, S.A.U.
Travessera de Gràcia, 47-49. 08021 Barcelona

Printed in Spain – Impreso en España

ISBN: 978-84-488-6848-2
Depósito legal: B-9.258-2024

Diseño y maquetación: MYR Servicios Editoriales S.L.
Impreso en Índice, S.L.
(Barcelona)

BE 6 8 4 8 2

Introducción pedagógica

¡Disfruta con los clásicos y aprende con Peppa Pig!

La colección **Aprende con Peppa** se dirige a pre-lectores y lectores de 4 a 6 años con historias pensadas para ser leídas primero en compañía de un adulto y después de forma autónoma. Por su formato lúdico y sencillo, la colección es perfecta incluso para los niños y las niñas que manifiestan poca motivación por el aprendizaje de la lectura.

La lectura con pictogramas tiene como objetivo aproximar a los pequeños a la lectura de manera gradual y sencilla. Se busca **fomentar la memoria visual** que se trabaja al sustituir algunas palabras por sus imágenes correspondientes. Al fortalecer este tipo de memoria, se **desarrolla la capacidad de abstracción** del pequeño. Dado que en un primer momento se potencia la lectura colaborativa, el pequeño lector desarrolla poco a poco la **confianza en sí mismo** para lanzarse después a la lectura autónoma.

Cada libro contiene **dos historias desarrolladas a partir de cuentos clásicos** de la literatura y protagonizadas por los personajes de Peppa Pig.

Al inicio de cada historia, se incluye un listado de imágenes que se corresponden con una palabra; el primer paso consiste en familiarizarse con las palabras que luego encontrará en forma de pictograma.

Los textos están escritos con frases sencillas y vocabulario adaptado, de modo que los lectores comprendan aquello que están leyendo. Para consolidar un buen proceso lector, te sugerimos algunas ideas para trabajar estos libros con los más pequeños:

- ⭐ Leer cuidadosamente los nombres de los personajes que aparecen en los pictogramas.
- ⭐ Decidir en conjunto una voz o un sonido asociado a cada pictograma. Así la lectura se hace divertida y se potencia la memoria lectora.
- ⭐ Proponer al niño o la niña que gradualmente lea algunas frases solito o solita.
- ⭐ Comentar a partir de la lectura las diferencias con otras versiones de los mismos cuentos clásicos leídos.

CREADO POR EDUCADORES

Caperucita Roja

PICTOGRAMAS

Caperucita

abuelita

lobo

leñador

cesta

tarta

bosque

casa

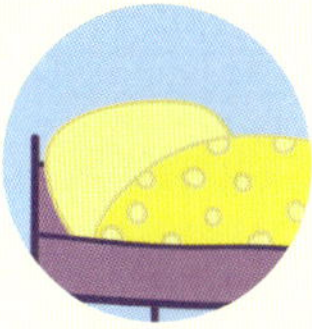
cama

armario

Había una vez una niña llamada  Caperucita porque siempre llevaba una preciosa capa de color .

Un día,  Caperucita decidió ir a visitar a su  abuelita, que vivía en el bosque y estaba enferma.

En el bosque apareció un  lobo, que miró con glotonería la  cesta de Caperucita.

—¿Adónde vas? ¿Qué llevas en la  cesta?

—Voy a casa de mi  abuelita, que está enferma —dijo la niña—. Le llevo una rica  tarta de manzanas y moras.

—Conozco un atajo —mintió el  lobo —. Toma el camino de la izquierda y llegarás enseguida a  casa de tu  abuelita.

Caperucita siguió el camino de la izquierda y se entretuvo con todas las flores que encontró. Mientras, el  lobo llegó a  casa de la  abuelita y llamó a la puerta.

—¿Quién es? —preguntó la  abuelita con voz ronca.

—Soy  Caperucita. He venido a traerte una  cesta llena de comida deliciosa —dijo el  lobo imitando la voz de la niña.

La  abuelita dejó entrar al  lobo y antes de que pudiera decir nada, la encerró en el  armario.

Cuando  Caperucita llegó a casa de la  abuelita, el  lobo ya se había metido en la 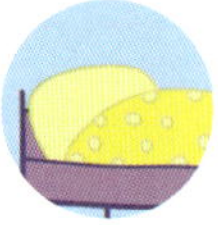 cama.

—Abuelita, ¡qué voz más ronca tienes!

—Sí, estoy muy malita, mi querida niña.

—¡Y qué orejas tan grandes tienes!

—Son para oírte mejor.

—  Caperucita se fue acercando a la cama

mientras el  lobo se relamía al ver la  cesta.

—¡Y qué ojos tan grandes tienes!

—Son para verte mejor.

—¡Y qué boca más grande tienes!

Antes de que el lobo pudiera abalanzarse sobre la cesta, un leñador abrió la puerta. Era amigo de la abuelita y quería darle una sorpresa, ¡y vaya sorpresa!

Al ver al leñador, el lobo salió de la cama de un salto.

—Mi plan ha fracasado —dijo antes de desaparecer en el bosque.

El leñador y Caperucita sacaron a la abuelita del armario donde estaba encerrada. La abuelita se recuperó rápidamente y juntos se tomaron la tarta de manzanas y moras.

Y, colorín, colorado, este cuento se ha acabado.

La Bella Durmiente

PICTOGRAMAS

Aurora

Rosa

príncipe

hada mala

Sol

Luna

Estrella

fiesta

dragón

Hace mucho tiempo, en un reino muy lejano, vivían unos reyes justos y buenos. Cuando nació su primera hija,  Aurora, ¡hicieron una  fiesta!

Invitaron a todo el pueblo, al rey del país vecino y a su hijo, el  príncipe, y a las tres hadas buenas:  Luna,  Sol y  Estrella.

Las hadas se acercaron a la cuna de la princesa para hacerle, cada una, un regalo especial.

—Te concedo el don de la belleza —dijo  .
Sol

—Y yo, el don del canto —dijo  .
Luna

Pero, antes de que pudiera hablar el hada 

,
apareció en el castillo el 

, que estaba
enfadada porque no la habían invitado a la 

.

—Cuando cumplas dieciocho años, te pincharás un dedo con el huso de una rueca... y caerás en un profundo sueño —dijo. Y desapareció.

—Tranquila —dijo el hada  a la princesa—. Te quedarás dormida, pero un beso de amor romperá el maleficio.

Para proteger a  del , los reyes enviaron a la pequeña con las hadas buenas a vivir a una casita en el bosque. Le cambiaron el nombre y la llamaron .

—Guardaremos el secreto y  no sabrá nada hasta que no haya pasado el peligro —dijo  .

El día de su dieciocho cumpleaños,  fue al bosque a buscar flores.

Mientras paseaba iba cantando, y su hermosa voz llamó la atención de un joven que cabalgaba por el bosque. A Rosa le pareció encantador.

—Hoy cumplo dieciocho años —dijo Rosa, sin saber que él era el príncipe—. Te invito a mi fiesta.

Cuando Rosa volvió a casa contó lo que le había ocurrido en el bosque. Entonces Sol, Luna y Estrella le explicaron la verdad.

Se dirigieron a palacio y, cuando la princesa 

se quedó sola, vio una luz y la siguió hipnotizada. Llegó a un desván abandonado. Allí encontró una rueca, la tocó, ¡y se pinchó!

El hechizo se había cumplido, y 

cayó en un profundo sueño.

Cuando el  príncipe supo lo que había pasado, fue al palacio. Pero el  hada mala había cubierto el palacio con espinos que le impedían avanzar. El  príncipe se abrió paso con su poderosa espada.

Al verlo, el  hada mala se convirtió en un  dragón. El  príncipe se enfrentó al  dragón y lo venció gracias a su valentía. Después se reunió con  Aurora y le dio un beso de amor. ¡En ese momento se despertó!

¡Lo celebraron todos con una gran  fiesta!

Aprende con Peppa Pig

Otros títulos de la colección

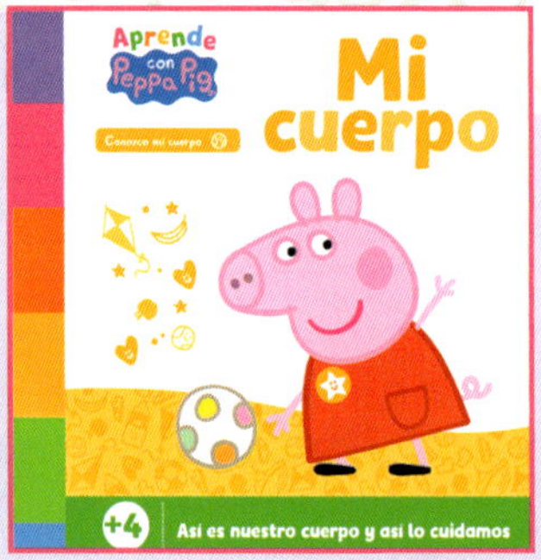

Diviértete mientras aprendes con Peppa y sus amigos con la nueva colección educativa

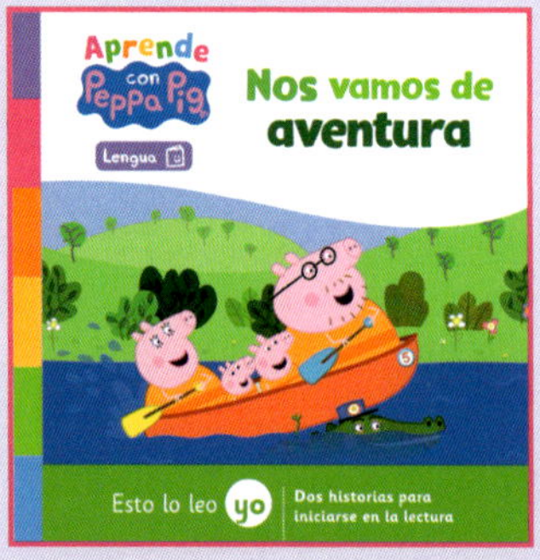

Descubre más en: www.learnwithpeppa.com